糸切り歯の名前

ITO KIRI BA NO NA MAE

尾世川正明

OSEGAWA MASAAKI

思潮社

糸切り歯の名前

尾世川正明

思潮社

目次

I

II

III

切絵＝井原由美子　装幀＝井原靖章

糸切り歯の名前　尾世川正明

I

土手のポッペン

ポッペンを
吹いてみたくなって
土手の上を歩いていると
あちこちで
土筆が顔を出して
南東の風に吹かれていた

柴の子犬が歩いてきて
わたしの手のなかの
ポッペンを見上げていたが

その音を聞いて
すこし耳を傾けたまま
目を猫のように細めた

一本の
白いリボンが風で飛んで
どこかの家の物干しに
かかって
ゆっくりはためいている
ただなぜか
引っかかった
リボンの結び目が
激しく振動して見えない

ポッペンの音が

だんだんに小さくなる
風に溶け込んで
存在が消えてゆく
足元に
汚れた割りばしの片割れが
土筆の真似をして
黙って
つき刺さっている

註　ポッペンはガラスでできた音のでる玩具。ビードロともいう。歌麿の美女が版画のなかで吹いているが、当然音は聞こえてこない。

ヤマネコ

休日になって
腸内細菌を
すこし入れ替えてみようって
バナナ味の
ヨーグルトを買いに出かけて
駅前の花屋さんの
向かいの角で
ちょっと小刻みにステップ踏んで
クルクルまわったとき
背中の上を

走りすぎていった
ヤマネコ
といってヤマネコなんか見たことがないから
本物のヤマネコだったのか
一瞬の幻覚だったのか
夏めいてきた
商店街の柔らかい時空を超えて
対馬とか西表から
いたずらものが
すり抜けてやってきたのか
あるいは
記憶の片隅にいたかもしれない
二丁目の橋本さんちで去年の秋に生まれた
三匹の子猫のうちで
ヒョウ柄のあの一匹

勘違いしてヤマネコに育ったのか
それにしても
けものの匂いとともに
イランイランの甘い香りがして
ぼくのからっぽの頭のなかを
すこし南風なんか吹いたりして
たまたま目の前で開いた自動ドアから
コンビニのなかに
突入して侵入して攪乱して
すこしなにかが黄色くなった

糸切り歯の名前

クルミのような
かたい国境に
とがった金串ではなく
真っ向から糸切り歯を立ててみてもかなわず
こんなはずではなかったと
すこしたじろぎ
大きく口を開けたままで
生活費の欠乏などを予測しながら
この国の民として生きて
羽化の始まりはどんどん遅れてゆく

とはいえ歯茎はやはりしとどに弱ったので
ぐらぐらぐりぐりぐらつきはじめ
下顎骨は周知の邪な企みとして
いずれ暗渠になるかもしれないなどと思うにつけ
立ち留まってやはり
糸切り歯に名前は付けたほうがよいのだろうと
その未来が突然消える日に備えて
もう三日間も四日間も
よく眠りもせずに四六時中名前を考えている
しかしそれはおかしな思い込みだ
昨夜生まれたやけに顔の整った男児
子孫の子供の名前が浮かばない
赤ん坊の名前と糸切り歯の名前とどっちが大事か
頭のなかでごっちゃになって
ごっちゃに滲んで漂って

薄い天つゆのなかのうどんのようにも
ぐつぐつ煮える土鍋の隅の
プヨプヨした鱈の白子のようにも
すべてがどこかで溶けかかっているのが真実
そうだどこかがすでに溶けてはいても
下顎骨にめり込む
インプラントのチタンのように
すっくりと
タンポポの咲く野原の果てに
墓標ぐらいは立ててみせると誓うけれど
国境にはなかなか歯など立たない昨今は
とても墓標など立つはずもない
そしてきっと
冬がすぎれば
海の向こうの大きな国から

かまびすしい爆竹の音とともに
春節がやってくる

註　糸切り歯はもちろんひとが裁縫のときに糸を切る歯だが、食肉獣では鋭く発達した牙だった。わたしたちの国はこの歯に適切な名前と役割を与えているのだろうか。

七つのいろは歌

1　いろは

に
穂へと
色は匂う
とはいえど窓
そして闇
くらい扉をあけるまで
その先の
ねぎのしっぽは

ぬれねずみ
ねんねんころりと転がって
畳の上ではお針子が
ひたひた縫っては暮れましょう
平たく打った餅食べて
平家ボタルが燈籠に
明かりをつけて夏の夜は
ももち　もちろんスモモ食べ
風鈴みりん三輪車
キツネだ狸だおかめそば
そばを打つ手もその腰も
そばなら傍で
いいけれど
そばにお寄りよお嬢ちゃん
暮れ六過ぎれば化け猫が

そはたれ
かわたれ
黄昏れて
あわれ命のつなぎ目で
烏のための行水に
雀が落ちて目が落ちて　目がこぼれ
日が落ちて
夜のとばりが落ちるころ
トト屋の父ちゃん
豆腐屋母ちゃん
お地蔵さまにお願いし
見事赤子が生まれ出て
ひかりをはじき空駆ける
梨のごとくに空架ける
この花はたれそという声も

今日を限りに
ちりぬるを

2 よたれ

そ
蘇はいにしえのチーズなり
なるほどそれならそれで
美味ならむ
この世はなどか常ならむ
求めたチーズに黒き黴生え　そして腐敗
この世は所詮流れゆく川
ひとのこころも猫の目にして
すべてが移ろう心映え　はたまた夕映え

わたしとあなたと
あしたとあさって
われらの日々は　あるいは今日は何色かしらと
尋ねてみれば
秋空は鈍色だから
窓の外にはもの憂けき　人語も少なく
小鳥らの
声も聞こえず
すなわち　手にてなすなにごともなく
さくら花散る木の間の下を歩く通りのむこうから来る人
とて
道端にはハナから花も人影もなく
夜霧に消えたわたしの影は
鼻持ちならない若かりし青　青二才
今日を限りに歩み去り

二度とこの地に戻るまいとか
二度とあなたにまみえまいとか
布団のなかで逡巡する
思い返せばそのはじまりのころ
小さな部屋には二人が巣食い
男と女の笛を吹き
横笛縦笛吹き分けて
神楽の囃子か　牛若丸か
五条の橋で飛び跳ねて
都の日々をしのびつつ
つつつ　つつつと　宙を駆け
この世をはばかることもなく
西に東に駆け回る
よたれかよだれ　夜鷹か与太か
誰かの顎に

つつっと流れ
流れ流れてどこまで落ちる
さて布団のなかではひそやかに
物語ること三年間
話はあまりに重くても　長くても
流れすぎてもいけません
昼と夜とでむつみあい
楽しく日々を渡って生きて
それでも　これでも
誰でも　かれでも
あれでも　これでも
つつつ　つつつ　と滑っていても
日々はいつでも　常ならず
常ならず

3 うゐの

それが鵜の
胃袋だなんて
ものごとはまる呑み込みのたまり場知らず
欲望の通路は奥の細い道
この国にはすでに　億　億　億を
欲しがる人があふれている
黄金を喉の奥まで突っ込んで呑み込んで
もがいていると
もがくのはもうやめたくて山々で
それはどこかに至る山　またの山　末の山
昨日から山の声は嗄れていた
端正な地形はいつまでも　食卓の上に断層を残す
なぜかしら　食卓の向かいには女たちが立ち現れて

木花開耶姫とも
式部とも
ガラシャとも
はたまた晶子とも
名乗らない呼ばれないままに消えてゆく
さらばさらば　さらばとて
夜ごと夜ごとにコウモリと
超音波などで歌いつつ騒ぎつつ
やがて心中に
甘い蜜を迎えいれる喜び
桃の　桃のクチビルで鎮座して
灯火の下で初めての氷芯の孤独を楽しむ
そしてうゐの奥山
とて
人家で灯明が揺れるころ

円座のうちで
証明に届かない数理問題を解こうとする
数百年を経た思考のものがたり
飢饉の年にもなぜかしら
村中の家ネズミが増えるという確率のありかなど
また幾日かを経たゆめまくら
顔の細くのびた悪魔のような影が立ち
蛇とネズミで夕食の煮炊きをする
北東に馬面の男を探すがよいと
枕元に外国のコインを少し置いてゆく悪魔
そんなこんなで悪魔さへすっかり思わせぶりな今日この頃
意味ある啓示も示されないまま
この人生は進行し　地震も津波も容赦はなく
死が突然に降ってくる
億　億　億だけを欲する人たち

また黄金を喉にいれてもがいているだけ
しかしてそしてこの先は　しばし
少し複雑な鍵と鍵穴を工夫して
利にはあまり走らずに
知る人も知らぬ人もなき国境を越えて
寒い二月にビワの花が咲く村にたどり着こう
そして仏さへもその奥に消えたという
悩みも思い出も溶けては消える
小さな洞にひとり
入るよろこび

4　けふこえて

銀河の
時計
時を打ちこわし
この世の奥で住む日々には
夢に出てくる人形たちが
広い野原で遊ぶ日々
空のうえから古き世の傀儡たち
蜘蛛の糸をあやつって
広い野原の人形たちを踊らせつつ
かすかな声でうたを歌う
この世の先の予言として
永遠の夜のごとくに
うたを歌う

5 あさき

夢はいつでも
浅いもの
だと
教えてくれたのは誰だったのか
さりとても
お調子者はどこにでもいて
舞い手たちは踊る手を休めることもなく踊るもの
あちこちで
くるくるくるくる回るもの
十六夜の夜
この世のすべての焚き木をたいた舞台のうえでは
巫女も人形もカタツムリもカマキリも
影絵となって踊って回り

森の奥では
ブナの葉も誰にも知られず暗闇のなか
風に吹かれて回るだろう
くるくるくるくる回るもの巡り
しっかり立って首を折って見上げてみれば
天井の扇風機
天使の羽のヘリコプター
縄跳びの縄
曲芸自転車の後車輪
そして空にゆったりとカモメが回っている海岸
海風に乗り
波打ち際に続く砂のうえで笛を吹き
今日もまた地球が静かに自転する
明日もまた蝶や小鳥が躍り出る
浅く夢見る

浅く夢見る
令和の日々で
いつか来る未来のための夢を寿ぐ
さあ　どうしましょう
歴史はこのあとどのくらい
続くのかしらと
首をかしげるその人の目で
トランプと習近平の顔を眺めてみると
この世の日々は不確かで質の悪いニュースばかり
いくら舞台や役者を変えてみても
芝居の書き割りは変わらない
食べられない食事は半ば宙に浮いている
勇敢な先人はどこにいったのか
いつもなにも知らされず消えてゆく
弱き者は暗闇のなかいつもひとりだ

そんなことは
くる世でもくる世でも
誰もが胸を痛めていたし
観音様にも祈ってもいたが
千体の観音像の千本の手が
一本二本と折れてゆき抜けてゆき
膝元の衣紋のひだも
お顔も浅くすり減ってゆき
ただの千本の古ぼけた木片になったとき
仏は
暁の
浅い夢に現れることができるのか

6　ゑひも

ゑひ　ゑひ　ゑひ　と
聞き慣れぬ声で
うたを歌う人がいて
それでもまだまだ大気の熱は見えてこない
人は乾いた舌触りの日本酒にも
ネットに溢れる
闇鍋のごときニュースにも
少しも酔ってはいられない
この頃はとんと
酔った記憶さえもなくなっている
ただただ雨に濡れて町を歩いてゆく
とても静かなこの国の首都の春の細道
満開の桜の花びらの散る下に

平安の魔界が口を開き
新たな妖怪たちが行列する
そしてまた　ゑひ　ゑひ　ゑひの歌のうしろから
正体の知れぬ化け物の風が吹いている
街角では気まぐれで
道化の衣装も脱いでしまった
死神がちょろちょろと
覗いても隠れてもいる
かれらは次々と仲間を呼び寄せている
それでも人々は部屋に籠もって
一人だけのうたが歌える
かたいたまゆらの石室に引きこもり
現在のうたをくちずさもう
すでに
仏に背を向け神を消し去ったわたしたちは

祈ることも
悟りを語ることもできないけれど
ただうたを歌うことだけはできるのだ
時空を越えて
因果の重い歯車を
少しずつ前に回してゆくために
心の奥でそっと明日のうたを歌う
それが
日ごとの密かな　秘儀
営みなのだから

7 ん

そこは
巨大な
回転する独楽のなか　深く青い水
その底では
意識あるものが意識ないものをみつめている

月

海面は月の光を浴びて
ひとひとりの影が船べりに映っていた
海は水平線まで鏡のように凪いでいた
舟がわずかに上下し
一瞬の風が頬を撫でてとおりすぎてゆくと
そののちの静寂がまたすべてを明るく照らしていた
脳の芯で眠気が重く月を西に傾かせるころ
ほそくつづく光の道を
遠く
黒い人影が歩いて行った

II

歌手

まるで細い糸の先で
欅の木の葉陰にぶら下がる蓑虫に似て
誰の目にもとまらない日々が続き
人々が泣いたり笑ったり
愛したり別れたりするのをじっと見ていた
けれど
わたしに人間の感情がないわけではなく
むしろ誰よりもひとを愛したくて
広場に出て光を浴び太陽を感じたくて
ひそかに朝晩祈ってさえいた

それでもわたしは暗い廊下の隅をそっと歩き
雨の日は
木立の陰を這う蝸牛のように
ゆっくりと動いていた

しかしある日
わたしはうたを歌った
ひとのいない公園の片隅で
ひとの心の風船を息の力で膨らますようにうたを歌った
それがいつか街をゆく人々の耳に届くと
徐々に人々がわたしの周りを囲むようになった
しばらくすると背中を押されたわたしは舞台に上った
舞台の上の暗闇で
わたしの喉の響きは今までにない共振を引き起こし
明るいスポットライトの下に出ると驚くほどの

大きくて澄んだメロディとなった
わたしのなかからあふれでる熱い感情があって
会場の空気を震わせ
そのうねりがドラマをもたらし
暗闇のなかで人々の感情に深く爪を立てた
会場の光線は一点に集められ
わたしはその時
光の円のなかで歌手となった
今まで呼ばれていた名前さえ忘れられて
ただの歌手になった
舞台の上以外の存在は消えてしまい
わたしがうたを歌うあいだ
わたしの声とリズムが会場の人々に
世界で起こる事件や日々の時を忘れさせた
それはほんの短い時間のことだったのに

それはほとんどわたしの人生の長さそのものだった
わたしは歌とともに何度もの人生を生きた
何処にもなかった人生が声に乗って人々に届いた
わたしはその時だけ
世界の中心にいる
と　信じることができた

時がたち春のような温かい風が吹くと
突然のように
わたしの声からFの音　次にGの音と響きが消えていった
スポットライトがわたしの立つ場所から外れ
人々の関心が
わたしの声への熱狂を失っていった
灯っていたたくさんの炎が消えた
世界は嵐の翌日の朝のように平常になった

そしてある朝
明るいベッドの白いシーツの上でわたしの意識が蘇り
わたしは名前もない小さな藁の人形になっていた
人形は天井を見ていたが
もう立って動くこともできなかった
歌への愛着も舞台への未練もなくなって
シーツの上の人形は
やがてただの影に変わった
そしてそれさえも
誰も顧みないほど長い時間がすぎると
シーツの上の薄い
琥珀色の小さなシミに変わった

ねずみの歌

チュウと鳴き
その上でさらに宙と鳴く
ほそい穴には時間がしっかり詰めこまれ
その穴の奥に入れば空間が消えて
その先に入ったいきものは再びこの世に現れてこない
それでも消えているのではなく繋がっているのだと
誰かが夢のなかで
話していたのは知っている
はじめはどこかの異空間にあったワームホールだと
そこから穴が移動してきたのだと

猫が隣の町から引っ越ししてきたかのように
当たり前のこととして誰かが話していたのだ
この国では人間たちはさておき
天井裏のねずみたちはみんなこの宇宙は
結局のところ不可知であると気がついているのだ
一千万年生きたってこの宇宙のことは何もわかりはしない
そして昨日も今日も何も疑わないし尋ねない
だからねずみたちはほそい穴は通るけれど
その先のことは考えない
むしろ走りながらねずみはねずみのうたを歌うという
口と心を少し曲げてひげを前方の暗闇につきたてて
宇宙の片隅の穴を走ってうたを歌う
開きかけた白木蓮の蕾のように口をとがらせてうたを歌う
うたは天の川が見える天上で広がって
雨のようにしたたり落ちてくる

明日仮に古い大学の講堂で火星の話を聞いていたとしても
並木道のレストランで熱いステーキを食べていたとしても
恋人たちが行き来する敷石をひいた歩道の上で
おかしな絵を売って僅かな金を数えていたとしても
それはあくまでねずみ族の仮の姿なのだ
この世界での見せかけあるいは単なるそぶり
昔からほそく長い穴の暗闇を走っていた種族の
先祖から運命づけられた使命がある
宇宙の無限軌道を
走り抜けるいわば列車旅行の乗客として
薔薇の花束のように鮮やかに
百合の花束のように清らかに
走って
やっぱりその先の星雲を曲がったあたりで
うたを歌うのだ

（チョウ）のものがたり

乗っているプレートがすこし傾いているので
臍の横から腸がすこしばかりはみ出てきていて
地表の細い線のうえはとても歩きづらい

因縁やほころびはこの国の歴史そのものなのだ
朝日の落とす影と夕日のつくる陰が重なって
二つの気配が中線で折れて蝶になる

クロアゲハやキアゲハが舞っている井戸の口に
冷たい水で蕎麦を打っているあなたがいる

「超がつく日常なのだ」と日記には記す

ページのうえの細かな数字を追いかけながら
老人たちが死後の財産整理を始めている
各家の壁にチョークで描いた住人の顔は

調査が終わるまでのつなぎに過ぎないことを
市庁舎に報告に行ったのは暑い夏の昼下がりだった
市長室での腸、蝶、超、帳、調、長という会話

やがて聴神経は壊れて激しいめまいが出る
左右の耳がゴムの葉のように大きくなったとしても
人々はあなたに秘密を伝えることができない

朝の例会のあとであなたの横を通った祈禱師が

あなたの耳元を迂回してゆっくり歩きながら
美しいが役に立たない言葉をたくさん囁いた

願っても願っても想いが伝わらないことを知りながら
腸、蝶、超、帳、町、調、聴と囁いて
真実を示したことにだれか気づいただろうか

今も人々がせわしく行きかう町中を歩きながら
知られていなかった凋落の兆しを背負ったままで
白い顔の祈禱師は超絶的に首を曲げる

カメレオン

カメレオンは皮膚の色を変える
目玉を片方ずつ動かす
長い舌を伸ばして瞬時で虫を捕食する

だからカメレオンで見えるのは
目と舌だけで夕暮れには
からだは背景に同化して見えなくなる

カメレオンはゆれることがない
むしろカメレオンには

目の前のゆれているものしか見えない

それなのにわたしたちは森で
偽のカメレオンとしてゆれている
ひそかに背景に擬態しながらゆれている

蜘蛛の巣も風に吹かれて震えている
月はもう東の空に出ているだろう
孔雀はもう羽をたたんでいるだろう

今日の終わりにゆれているわたしたちが
薄暮にカメレオンの目のなかに映り込むと
からだはゆれる小さなシミとなってゆく

ドーム天井のような大きなシダの葉のかげで

カメレオンの目が動くとたまゆら世界が少しずれて
シミは世界からもはみ出して消えてしまう

カタツムリ

砂漠の果てに
黄色い頂のあるなだらかな
円形の
砂の丘が二つあって
遠い空に
何やら不定形の雲が浮いている
ここではすべて人々の想いがとぎれ
通信さえもとぎれるのだと
思い切って大地に伏し大地に耳をつける
そこで聞こえる

カタツムリが這っている音
鼓膜に近くさりさりと足を運ぶ音が聞こえる
カタツムリは
その薄い濡れた皮膚で呼吸しながら
天国に昇るために長い坂道を上っている
蕁麻疹と
肺気腫と
水虫に悩む男がいて
今日も食料品店で小さな盗みのために人を殺める
礼拝堂のある暗い裏通りでは
ひとときの楽園に滑り込むために
胸をあらわにして
媚びをつくり
薬を売る悪魔を誘っている女もいる
そんな

ありふれた砂漠の田舎町の日常を
ことごとく内部に保存するカタツムリとして
黄色い丘の頂の方へ
長い時間をかけて這っているのだ
カタツムリよ
カタツムリ
この世の記憶を運ぶものよ
この地上にはおまえたちが
何万匹いや何億匹と集まろうとも
けして保存しきれない日々の記憶の量がある
そして今日も記憶は自律的に
時空の隙間で
ひっそりと
放散され拡散され消去されていることを
知るがいいのだ

カレーライス密議

一口ほどに切った
ジャガイモが沈んで行く先に
橙色に煮込まれた人参はあるのか
すでにグツグツとあわだって
ルウは香りを室内に満たしている

夕方の塔ではもう鐘が鳴っているのだ
忘れられた影に誘拐された
子供たちはうちに帰さなければならない
広場の石畳の上を

鶏が首をたてに振って歩いているが
ついばむためのトウモロコシは
蒔かれていないし誰も蒔こうとはしない
だから　しばし待てよ

カレーに牛肉が入っていないからと言って
エビやイカやホタテや
ブロッコリーまで入っていれば……
そう言って白い壁のなかに消えた
カーリーの姿を彫った入れ墨の腕がいた

しばし待てよ

福神漬けはいかなる神の申し子か
壁龕の女神像が

腰をくねらせ
ひかりの方を向いているとき
釜のなかで炊かれているインディカ米は
どのように
現実に報いるのだろうか

やがて夜が更ければ奇妙な音楽が流れる

今香りのある小部屋で
灯火がともされ
三人の密談が始まろうとしている
すこし誰かがどもって
炊けた米の上にルウがかけられる

雑事と雑味

山また山に
雑木林が繁く続くように
人の世には雑事がはびこる
雑事は日々に人々を走らせて
扉の向こうへの階段へ誘導する
階段から清潔な地上へ降りたくない人は
部屋の中を回っているしかない
ただ回ってもつまらないから
床を拭く人も出てくる
床を拭いていると床はつややかにはなるが

雑巾の上には雑菌がはびこる
それはたいしたことではない
むしろ好ましいことに思えてくる
皮膚の上にも常に細菌は巣くう
動物はお互いを嘗めなくてはならない性をもつ
雑菌が口に入ると病に倒れるかというとそうでもない
口の中にも雑菌はいるのである
歯茎に感染が起これば歯周病になる
歯周病はただの歯周病に終わらないらしい
歯周病は死に至る心臓病のはじまりかもしれない
それでも人は口にものを入れたがる
雑事とは誰のためにあるのか
雑事がないとわたしたちの日々は埋まらず
屋上で月や星を眺めて暮らすしかなくなる
あるいは様々の食材を買って無駄な調理をする

例えばレンコンを炒めるとこれは歯触りがいい
例えばひじきを煮るがこれはもともと味があるのだろうか
例えばただのモズクをつるりと食べるがこれは調理でもない
調理をするうちにも雑味が欲しくなる
白米に雑穀を混ぜて雑味があるのか
雑味とは渋みのことか
雑味とはエグミのことか
よくわからなくなる
ただ純粋なものや必要なものだけの日々など
もういやだ
と言ってみる

III

ヒョウタン

ヒョウタンから
独楽が飛び出し
ポルノ映画から
乳房がポロリとこぼれ
ロシナンテに乗った老いたドンキホーテが
アンダルシアの丘を
どこまでも続く銀色の丘を
西の方にポトポトと進んでゆく夢を見ている
今朝は床のうえで
芭蕉の葉になったわたしの身体が

すこし乾いて
ぎしぎしときしむ音を立てる
こんなふうに
花も穀物も野菜もつくらずに生きていて
魔術めいた儀式をしては
日銭を稼ぐ生業を営む
かげろうのような人生だなあと
呪術師を気取ってみたところで
ある日ふと問答無用で消えてゆくことわり
白い骨数十本と割れたドクロをひとつ
この世に残すだけだ
澄んだ藍色の空で
三日月を見ていても
胸にスルスルと悟るものもなく
小さな虫のように島国のひとつところで暮らし

信仰も持たず
未来も信じず
この身を嘆くことさえさらさらなく
安穏に日々を送る
夜ともなれば
新月のように暗い地表で
どんな女優がどんな詐欺師に
どんなに美しく嘘を吐くのだろうかと
ドキドキしながら
あちこちの劇場を探し回って忙しい
この世の果てに行き着こうと
真言を唱えてもみるが
大きく口をあけた
ヒョウタンに吸い込まれたまま
外にも出られず

払暁が迫ってきても
依然
安らかには眠りにつけない

朝食

オーロラが見えるホテルで
春の朝に起きてみると
自分の名前がなくなっていた
名前なんかなくなっても
特別困ったことはないのだけれど
ホテルの廊下で行き交う人々の
「おはよう」の言葉が誰に向けられた挨拶か
わからないのですこし戸惑いはあった
食堂で笑顔の平たい青年に聞いてみると
名前がなくなっても

朝食のメニューはいつもと変わらないとのこと
キツネ色に焼いたパンが一枚
バターをたっぷりとぬって
その上にカリッと焼いた
ベーコン二枚が載せてある
エッグスタンドに立ったゆで卵
ナイフで丁寧に先っぽを切ってみると
ゆで卵のなかに見知らぬ人の顔があった
自分の顔にしろ他人の顔にしろ
顔を食べてしまうのはやはり心苦しいものだ
特にこちらを見つめている
悲しげな目玉を食べるのはとても気が重く
人差し指と中指を目にあてて
その視線を隠して食べるしかなかった
デザートに出ていた完熟メロンは

三日月の形に切ってあるのに
種の部分が少し赤く色づいていて目を奪う
それでも黙って口に入れると
失恋した羊が山を越えて
畑の若いキャベツをひとつずつ数えながら
芯まで食べてしまったこと
そんな犯罪がどこからか思い出される
そして続いて
胸がどきどきして
なんだろう
空に三つの月が漂う空洞ができるという
昨夜の夢の軟骨のようなコリコリした感触が
頭のなかでよみがえってくる

卯月の残像

ゆうべ
そろそろあちらにねって
天井の隅でだれかが言った
だれの声なのかなかなか思いだせず
コツコツとスプーンで殻を割って
ゆで卵を食べる
脳の芯は眠れたのか眠れなかったのか
窓から
南の風が柔らかく吹き込んで
その時

薔薇の棘と葉が頬にふれたのか
ふれなかったのか
ティーバッグでいれた抹茶入りの煎茶に
自分の年老いた顔が
映っているわけでもない
しかし
液面に一本の茎が錐のように立ち
湯気とともに白内障にかすむと
まさか本物の茶柱が現れるなんてと
苦笑いしながらも
そこから目が離せなくなる
来客はあるのか
蔭で問う声も聞こえるが
少し雨が降って肌寒い日でもあり
訪れるものはなかろうと

答えている声もある
すこし視線を遠くに運ぶころ
山はかすんで見えて
若葉が鮮やかで
霧立つ渓谷に緑の水が流れて魚が跳ねる
それが実景なのか
床にかけられた軸のなかの世界なのか
わからなくなったとき
ぼーぼーという鳴き声とともに
キジバトが窓から部屋をのぞき込んだ
ひとのすわっていない机の前
椅子に残った残像に
亡霊の姿を見たのか
すこし首をかしげている

胃のなかの蟹

ラジオで
どうせ死ぬなら
癌がいい
と言う人の話を聞いていると
満腹感はもとより
空腹感もまるでなくなって
壁際から現れた
痩せた黒い犬が
ニヤニヤ笑って先導するので
厚いゴムの葉が茂った

庭を抜ける長い細道の奥の
客のいないガラス張りのレストランにたどり着く
レストランでは
海老と烏賊と帆立の入った
シーフードカレーが出され
満腹感はもとより
空腹感もまるでないのに
カレーを美味しく食べつくしそのあと
そこで
壁からの目配せあるいは合図があって
近くの美術館のポスターに意識が向いて
画家Mが青い空に
たくさんの雲を並べて描いた名作が
久しぶりに外国からきている
のを知る

このあと美術館に行ったものか
読みかけの
小説を読んだものか
考えつつも目の前のコップを見ると
水のなかで私の人差し指と親指が
二本の指が泳いでいて
身をくねらせながら
丸や三角を作っては私になにかを伝えようとしている
しかし
そんな暗号が私にわかるわけもなく
ただ
コップの水に反射してできた
天井の光の輪に
ゆれる大きな三重の輪のなかに
飛び込んでゆきたい

そう
考えて
恍惚のそして法悦の気分のうちに
ふと息を止めると気づく
まさしく今
胃のなかで
蟹が動いて
いるらしい

青空

青空の皮をむけ
あの一番高い黒い電線のあたり
白い雲の切れ端とともに
青空の皮をむけと
どこからか声がかかる
皮の下にはこの世界の
血液やリンパ液が流れている
地底の血管網のように
宇宙にも流れてゆく
密かな水音が聞こえてくる

突然右手の親指がつる
内側から糸を引かれるように
第一関節の内側に強く
ギューと引き込まれる
小骨がねじれる音がする
世界の中心に爪が引き込まれる

大きな箱のなかには
メロンほどの首が入っている
人間の首ではあるが誰かの首でもなく
切り取られたわけでもない
目を開いて空を見つめている
その青空には大根を洗う手が見える
夏の井戸の冷たい水で

大根をゴシゴシ洗っている少女がいて
もう何十本も洗ったのか
魚になった指には銀の指輪が鮮やかだ
秘密が隠されているわけではない
扉のなかにはなにも
隠れてもいないし住んでもいない
それでも青空の皮をむけば
その静かな顔が見えてくる

奈落

書斎の隅から
すりガラスの窓にむかって投げた
くしゃくしゃに丸めた
カミクズが紙屑箱に入る
カミクズは紙屑箱の縁で一回跳ねたあと
うまく翻って箱のなかに落ちた
今日という日
火曜日の午前十時三十三分四十秒をまわり
静かに頭の芯に映っている情景に
重いモーター音が響いている

人影のまばらな
工場の奥でお互いの話し声が届かない工員たち
荷台の重なる入り口にある事務室では
受領した材料の数について
茶色い髪を水色のシュシュでまとめた若い事務員が
さっきからずっと電話に食いついている
机の上には冷めたコーヒーと
シナモンの香るドーナツが
食べかけのまま残っている
町の一角の教会の屋根の上や
周辺の電線の上ではムクドリの大群が
いつになく集まって飛び交い
無数の鳥たちは不定形の雲のように
黒い群れを集散させている
郵便局員がバイクの音を響かせて曲がっていった

細い路地のなかへは
先ほど遅くなった集団登校の小学生十人ほどが
おしゃべりもせず消えていった
銀杏が並ぶ公園の裏の住宅街
こどものいない腰の曲がった老夫婦が住む
だいぶ傷んだ木造で瓦葺きの家があり
それを囲んでいる大谷石の塀の上に
美しい銀灰色のペルシャ猫が寝ている
猫は向かいの家の木蓮の枝にとまっている
オナガの動きを少し眠たそうに
眼だけでおっている
また書斎の隅から丸めたカミクズを投げる
今度はカミクズが空中で少し揺らいで箱を超え
その先に暗く開いていた
深い奈落の底に落ちてゆく

萌葱色

毎日毎日
一文字ずつ丁寧に
詩を書いている人が
ある日萌葱色の紙になった
彼は首をかしげながら
「とは言っても紙が首をかしげたわけだが
わたしは紙になんかに
なりたくてなったんじゃない
萌葱色だからといって
葱になりたかったわけでもない

とつぶやいて
部屋に籠もって
布団をかぶって寝てしまった
「それはもちろん紙が寝たわけだ
そこで彼が書いていた「詩」を見ると
わたしは言葉になりたい
言葉になりたい
言葉になりたいと
千回もお経のように書いてあった
かわいそうなので彼が寝ている間に
萌葱色の紙を丸く切り抜いて
「林檎は丸いが地球より小さい」と書いて
目が覚めた彼に
「君は言葉になったよ」と告げてみたが
彼は丸い紙のままでまだ拗ねていた

責任を感じたのでさらに
「夜道は暗いが必ず街灯がある」とか
「馬の鼻の前にはえてして人参がない」とか
「シロクマは予備の羽を使って空を飛び
須弥山の方に引っ越したようだ」
と書いていると
彼が遠くを見る目で
須弥山からは金輪際の外側がよく見えるんだ
と言って薄く笑った
　「まだまだ紙が笑っただけだったのだが
こうなると紙になった彼は
不幸なのか幸福なのかわからない
ただ「詩」が書けなくなって
少し淋しくなったようだ
そしてなにより詩を書かなくなって

その存在が消えかかっていた
そういう人を見ているのはつらいものだ
自然にわたしの手が動いて
萌葱色の紙を丸めるとすぐに本物の葱に作り替えた
それでそこに飛んできた鴨も
鉄砲で撃ち落として料理して
鍋にして
みんなできれいにおいしく
食べて
しまった

姫沙羅

大きな都市の
すこし南方に小さな土地を見つけて
家族が住む家を作った
男には妻と三人のこどもがいて
年老いた両親がいた
ある日父親が近くの植木屋から
ひょろりとした細い姫沙羅の木を買ってきて
庭の真ん中に植えた
姫沙羅は春になるとうすみどりの
細かな葉を茂らせ

夏にはその葉群に隠れて小さな白い花を咲かせた
大きくなって葉先が屋根に届くころになると
二階の窓からみれば花は見事だが
地上からは花がよくみえなくなった
花が散って初めて
その可憐な花の形をみることができる
こどもたちは
姫沙羅の花が咲くころは
おびただしく散った花びらのうえで
ビニールプールに水を張り
水遊びをして夏を過ごし
年ごとに成長していった
やがて成人したこどもたちは家を出てゆき
両親は静かに息を引きとった
姫沙羅は数本の美しく太い幹となり

枝は二階の屋根を覆うほどに葉をつけた
男は妻とともにその下で暮らす
男は人が死ぬときは
大きな樹の下にいることが
とてもよいことだと信じている
老境に入った男は
毎日姫沙羅の下に座って
高い枝に巣をかけた
ヒヨドリの声を聞いている

あとがき

最近はかつてのような詩のブームが去ったせいか、あまりはっきりした詩のトレンドらしきものも感じなくなりました。

トレンドという意識が希薄になったのが今のトレンドと言えるかも知れません。それでもモダニズムの強い磁場から離れて、どこかに新たなパラダイムを開きたいという思いが感じられる詩が多いように思います。人はいつも新しい詩心を求めていますから、魅力的な新しい詩が書かれるとウキウキします。どうしたら新味が出るか、いろいろ思い込みがあっても、少し雑ぱくに世界に向かい合うべき時代なのかも知れません。

平安末期、後白河院などが愛した今様という文芸が流行したといいます。遊女や傀儡などの遊芸者から起こり、当世風ということで「今様」と呼ばれました。和歌があまり扱わない巷の俗事や習俗、官能的な交情も歌われていました。また、疫病や戦乱の多かった時代、仏や来世への親近感も強かったようです。

後白河院というかなり変種の天皇は生涯これを愛し、歌いすぎて三度も声をからしたといいますからその魅力、今は復元不能ですが、なにやら神秘的でさえあります。

今様の形式だといういろは歌を崩して詩を書いているうちに、また近年、地震やら津波やら疫病やらを経験するうちに、今回の詩集を私流の今様、「歌」だと考えたくなってきました。本来の今様の愛好者の方には大いに違和感もあるでしょうが、作者の単なる勝手な思いつきであり思い込み、ここはご容赦をお願いしたいしだいです。

今回の詩集を作るに当たっては編集を思潮社の藤井一乃さんにお願いし、様々なご助言をいただきました。また従来自分でやってきた装幀を井原靖章さんにお願いすることができました。お二人に深く感謝します。

尾世川正明

尾世川正明（おせがわ　まさあき）

一九五〇年生まれ

「孔雀船」「ERA」所属
個人誌「虚数と半島」発行

詩集
『花をめぐる神話』（一九八〇年・花神社）
『みえないいきものたちの天文学』（一九八七年・花神社）
『誕生日の贈物』（一九九三年・土曜美術社出版販売）
『海馬に浮かぶ月』（二〇〇四年・思潮社）
新・日本現代詩文庫70『尾世川正明詩集』（二〇〇九年・土曜美術社出版販売）
『フラクタルな回転運動と彼の信念』（二〇一三年・土曜美術社出版販売）第二五回富田砕花賞
『鼻行類の盗賊たち』（二〇一七年・土曜美術社出版販売）

糸《いと》切《き》り歯《ば》の名前《なまえ》

著者
尾世川正明《おせがわまさあき》
発行者
小田久郎
発行所
株式会社思潮社
〒一六二―〇八四二　東京都新宿区市谷砂土原町三―十五
電話〇三（五八〇五）七五〇一（営業）
〇三（三二六七）八一四一（編集）
印刷・製本
三報社印刷株式会社
発行日
二〇二一年三月三十一日